坂村真民

ねがい

サンマーク出版

目次

ブックデザイン――川上成夫
本文組版――日本アートグラファー
編集協力――逍遙舎
著者写真――斎藤陽一

ねがい

ねがい

ただ一つの
花を咲かせ
そして終わる
この一年草の
一途《いちず》さに触れて
生きよう

タンポポ魂

踏みにじられても
食いちぎられても
死にもしない
枯れもしない
その根強さ
そしてつねに
太陽に向かって咲く

その明るさ
わたしはそれを
わたしの魂とする

生きるのだ

いのちいっぱい
生きるのだ
念じ念じて
生きるのだ
一度しかない人生を
何か世のため人のため
自分にできることをして

この身を捧《ささ》げ生きるのだ

一心

限りある命だから
蟬《せみ》もこおろぎも
一心に
鳴いているのだ
花たちも
あんなに
一心に

咲いているのだ
わたしも
一心に
生きねばならぬ

必然

夜は必ず明け光は必ず射《さ》してくる
念ずれば必ず花は咲き道は必ず開いてくる
この必然の祈りに生きよう

白木蓮

白木蓮《はくもくれん》の花が
いっせいに
花をひらき始めた
ああ
今年も生きて
この花を見る

うれしさよ
ありがたさよ

見えないからと言って

日の昇らない時が
あっただろうか
月の出ない時が
あっただろうか
見えないからと言って
なかったとは言えない
それと同じく

見えないからと言って
神さまや
仏さまが
いないと誰が言えよう
それは見る目を
持たないからだ
大宇宙には
たくさんの神や仏さまが居て
この世を幸せにしようと
日夜努力していられるのだ

一輪の花の美しさを見たら
一羽の鳥の美しさを見たら
それがわかるだろう
見えない世界の神秘を知ろう

ねがい

見えない
根たちの
ねがいがこもって
あのような
美しい花となるのだ

これからこれから

これからこれからと
春の鳥たちがやってきて
囀《さえず》るのだ

これからこれからと
春の花々が咲き出して
告げるのだ

これからこれからと
わたしもわたしに呼びかけて
励んでゆこう

今

大切なのは
かつてでもなく
これからでもない
一呼吸
一呼吸の
今である

何かをしよう

何かをしよう
みんなの人のためになる
何かをしよう
よく考えたら自分の体に合った
何かがある筈《はず》だ
弱い人には弱いなりに
老いた人には老いた人なりに

何かがある筈だ
生かされて生きているご恩返しに
小さいことでもいい
自分にできるものをさがして
何かをしよう
一年草でも
あんなに美しい花をつけて
終わってゆくではないか

ただわたしは

神のうたをつくらず
仏のうたをつくらず
ただわたしは
人間のうたをつくる
人間のくるしむうたを
くるしみから立ちあがるうたを

幸せの帽子

すべての人が幸せを求めている
しかし幸せというものは
そうやすやすと
やってくるものではない
時には不幸という
帽子をかぶって
やってくる

だからみんな逃げてしまうが
実はそれが幸せの
正体だったりするのだ
わたしも小さい時から
不幸の帽子を
いくつもかぶせられたが
今から思えば
それがみんな
ありがたい
幸せの帽子であった

それゆえ神仏の
なさることを
決して怨《うら》んだりしてはならぬ

ほころびないもの

わたしのなかに
生き続けている
一本の木

わたしのなかに
咲き続けている
一輪の花

わたしのなかに
燃え続けている
一筋の火

ものみなほろびゆくもののなかで
ほろびないものを求めてゆこう
人それぞれになにかがある筈《はず》だ

結び

人との結び
仏との結び
神との結び
最後に
大宇宙との結び
結びから生命が生まれ
いのちが誕生する

結びこそ日本精神の根幹である

せい一ぱい

どんな小さい花でも
せい一ぱい
咲いているのだ
だから
かすかな自分でも
せい一ぱい
生きてゆこう

つゆくさのつゆが光るとき

つゆくさのつゆが曼陀羅《まんだら》のように
朝日に光るとき
生きていることの喜びを
しみじみと感じる
日が昇るにつれて
光の角度がちがい
つゆは少女の目のように

清くキラキラと輝く
そういうひとときを
一生知らずに終わる人もあろう
可憐《かれん》な紫色のつゆくさの花が光る
大地の愛を身に付けてゆこう

ねがい

風の行方を
問うなかれ
散りゆく花を
追うなかれ

すべては

さらさら
流れゆく
川のごとくに
あらんかな

今日只今

今日只今《こんにちただいま》
この四字八音の大切さを
自覚し実践し
少しでも世のため
人のためになる
自分自身を
作りあげてゆこう

そしたら短い人生でも
意義のあるものとなろう
木々を見よ
花々を見よ
すべては今日只今に生きる
大宇宙の姿である

花

花には
散ったあとの
悲しみはない
ただ一途《いちず》に咲いた
喜びだけが残るのだ

一人で生きてゆこうとする子へ

一人で生きてゆこうとする子へ
毎暁彼岸の川原から祈りを送る
星の輝く日は星までとどけと
風の烈《はげ》しい日は風よ頼むと
真言《しんごん》を唱えて祈る

挫《くじ》けるな
光を消すな
悲しみに沈むな

おむすび

たきたてのごはんの
おむすびのうまさ
ひとつぶひとつぶが
ひかりかがやいて
こころやさしいひとの
りょうてで
かたくもなく

やわらかくもなく
うっすらしおけをふくんで
にぎられた
おむすびの
おいしさ
むすびあうという
そのことばのよさ

昼の月

昼の月を見ると
母を思う
こちらが忘れていても
ちゃんと見守っていて下さる
母を思う
かすかであるがゆえに

かえって心にしみる
昼の月よ

愛のまなざし

すべては
愛である
どん底に
落ちたひとを
救いあげるのも
愛のまなざし
千里万里を

飛びゆく
鳥たちの
あのまなざしを
見つめよう
強くあれ
優しくあれ
清らかであれ

鳥は飛ばねばならぬ

鳥は飛ばねばならぬ
人は生きねばならぬ
怒濤《どとう》の海を
飛びゆく鳥のように
混沌《こんとん》の世を
生きねばならぬ
鳥は本能的に

暗黒を突破すれば
光明の島に着くことを知っている
そのように人も
一寸先《いっすん》は闇《やみ》ではなく
光であることを知らねばならぬ
新しい年を迎えた日の朝
わたしに与えられた命題
鳥は飛ばねばならぬ
人は生きねばならぬ

一途

尊いもの
一途《いちず》なる歩み
光るもの
一途なる姿

生きてゆく力がなくなるとき

死のうと思う日はないが
生きてゆく力がなくなることがある
そんなときお寺を訪ね
わたしはひとり
仏陀《ぶつだ》の前に坐《すわ》ってくる
力わき明日を思うこころが
出てくるまで坐ってくる

みんな天へ向かって

みんな天へ向かって
のびようとしているんだよ
ほら
川岸に立って
あしの芽を見てごらん
胸がどきどきするほどの
力強さで

一ぱい生えているでしょ
みんな天へ向かって
手をひろげているんだよ
ほら
庭にきて
こぶしの花を見てごらん
可愛いお手々を
一ぱいひろげて
春を呼んでいるんだよ

みんな天へ向かって
飛んでゆくんだよ
ほら
野に出て
タンポポの種を見てごらん
落下傘《さん》のような
美しいかたちをして
昇ってゆくでしょ

みんなみんな
天へ向かって
大きなこえで
さけんでごらん
天からも
ほーい
ほーい
とほがらかなこえで
こたえてくれるでしょ

生きることとは

生きることとは
愛することだ
妻子を愛し
はらからを愛し
おのれの敵である者をも
愛することだ

生きることとは
生きとし生けるものを
いつくしむことだ
野の鳥にも草木にも
愛の眼《まなこ》を
そそぐことだ

生きることとは
人間の美しさを
失わぬことだ

どんなに苦しい目にあっても
あたたかい愛の涙の
持ち主であることだ

ああ
生きることとは
愛のまことを
貫くことだ

ねがい

どうにもならない
血をもって生まれ
どうにもならない
運命を背負い
みんな悲しいんだ
みんな苦しいんだ
だからお互い

もっといたわりあい
なぐさめあって
暮らしてゆこう
小さい蟻《あり》たちさえ
あんなに力を合わせて
生きているんだ

いつもいっしょ

いつもいっしょ！
これがわたしの信仰理念
木とも石とも
蝶《ちょう》とも鳥たちとも
いっしょ
人間はもちろん森羅万象
いつもいっしょに生き

いつもいっしょに息をする
だから一人であっても一人でない
沈むことがあっても
すぐ浮きあがる
ふしぎな奇跡が起きてくる
いつもいっしょ！
ああこの愛のことばを
唱えてゆこう

苦

苦がその人を
鍛えあげる
磨きあげる
本ものにする

母の歌

花よりきれいな
母の愛
咲いてしぼまぬ
母の愛

鳥のこえより
やさしくて

いつもかわらぬ
母の歌

星のごとくに
かがやいて
ゆくてを照らす
母の顔

生

あなたがいられる
それだけで
わたしは生きてゆける
ああ
あさゆうのいのりを
あなたにささげ
きのうがあり

きょうがあり
あすがある

つゆのごとくに

いろいろのことありぬ
いろいろのめにあいぬ
これからもまた
いろいろのことあらん
いろいろのめにあわん
されどきょうよりは
かなしみも

くるしみも
きよめまろめて
ころころと
ころがしゆかん
さらさらと
おとしてゆかん
いものはの
つゆのごとくに

ユニテ

わたしが
ねがうのは
ユニテ（一致）
どんなに
ちがったものでも
どこかで
一致するものがある

それを
見出《みいだ》し
お互い
手を握り合おう

吹き抜けて行け

吹き抜けて行け
吹き抜けて行け
善も
悪も
憎悪《ぞうお》も
怨恨《えんこん》も
空《から》っ風のように

わたしの体を
吹き抜けて行け
吹き抜けて行け

天を仰いで

心が小さくなった時は
天を仰いで
大きく息をしよう
大宇宙の無限の力を
吸飲摂取しよう

尊いのは足の裏である

1

尊いのは
頭でなく
手でなく
足の裏である

一生人に知られず
一生きたない処《ところ》と接し
黙々として
その努めを果たしてゆく
足の裏が教えるもの

しんみんよ
足の裏的な仕事をし
足の裏的な人間になれ

2

頭から
光が出る
まだまだだめ
額《ひたい》から
光が出る
まだまだいかん

足の裏から
光が出る
そのような方こそ
本当に偉い人である

今を生きる

咲くも無心
散るも無心
花は嘆かず
今を生きる

秘訣

感謝の
一呼吸
一呼吸
これが健康長寿
幸福の秘訣《ひけつ》
みなさん
これを身につけてください

つねに

つねに
流れて
いるから
川は生きて
いるのだ
止まるな
滞るな

つねに
動いておれ
頭も
足も

念じてください

念じてください
日に
月に
星に
手を合わせて
念じてください

木に
石に
地球に
額《ひたい》をつけて

念じてください
病いに苦しむ人たちのために
貧しさに泣く人たちのために
痩《や》せ細りゆく難民達のために

念じてください
少しでもお役に立つことのできる
人間になることを
そして生きてきてよかったと
自分に言える一生であるように
二度とない人生だから
かけがえのないこの身だから

あとからくる者のために

あとからくる者のために
苦労をするのだ
我慢をするのだ
田を耕し
種を用意しておくのだ
あとからくる者のために
しんみんよお前は

詩を書いておくのだ
あとからくる者のために
山を川を海を
きれいにしておくのだ
ああ　あとからくる者のために
みなそれぞれの力を傾けるのだ
あとからあとから続いてくる
あの可愛い者たちのために
未来を受け継ぐ者たちのために
みな夫々《それぞれ》自分で出来る何かをしてゆくのだ

ねがい

一人のねがいを
万人のねがいに
一人のいのりを
万人のいのりに
一人のあゆみを

万人のあゆみに
一人のゆめを
万人のゆめに

高めてゆこう
広めてゆこう
守らせたまえ
導きたまえ

坂村真民——さかむら・しんみん

一九〇九年熊本県生まれ。八歳のとき父が急逝し、どん底の生活のなか五人兄弟の長男として、母親を支える。三一年神宮皇學館（現・皇學館大学）卒業。二十五歳のとき朝鮮に渡り、教職に就く。終戦後は四国に移り住み、四六年から愛媛県で高校教師を務め、六十五歳で退職。以後、詩作に専念する。

二十歳のときより短歌に精進するが、四十一歳のときに詩に転じ、六二年に個人詩誌『詩国』を創刊。詩誌発行を、時宗の開祖・一遍上人が賦算（お札）を配り歩いた「六十万人決定往生」の誓願の継承と位置づけ、四十二年間休むことなく千二百部あまりを毎月無償で配布する。二〇〇四年、『詩国』五〇〇号の宿願を成就させ、以後も個人詩誌『鳩寿』を発行する。二〇〇六年永眠。

九一年仏教伝道文化賞、九九年愛媛県功労賞、二〇〇三年熊本県近代文化功労者賞受賞。主な著書に『詩集 念ずれば花ひらく』『詩集 二度とない人生だから』『詩集 宇宙のまなざし』『随筆集 念ずれば花ひらく』『随筆集 めぐりあいのふしぎ』『随筆集 愛の道しるべ』（いずれも小社）、『坂村真民全詩集』全八巻『自選 坂村真民詩集』（ともに大東出版社）などがある。

午前零時に起床し、夜明けとともに地球に祈りを捧げる日々のなかで生み出された詩には深い仏教精神が息づいており、老若男女幅広い層のファンをもつ。代表作である「念ずれば花ひらく」を座右の銘とする人も多い。また、世界六大州に七三七基を超える詩碑（詩を刻んだ石碑）が建てられている。

念ずれば花ひらく

念ずれば
花ひらく

苦しいとき
母がいつも口にしていた
このことばを
わたしもいつのころからか
となえるようになった
そうしてそのたび
わたしの花がふしぎと
ひとつひとつ
ひらいていった

ねがい

二〇一一年六月十五日　初版発行
二〇一八年二月　十　日　第二刷発行

著　者　坂村真民
発行人　植木宣隆
発行所　株式会社サンマーク出版
〒一六九－〇〇七五　東京都新宿区高田馬場二－一六－一一
電話　〇三－五二七二－三一六六

印　刷　共同印刷株式会社
製　本　株式会社若林製本工場

ISBN978-4-7631-3158-4 C0092
ホームページ http://www.sunmark.co.jp